책이 무거운 이유

책이 무거운 이유

맹 문 재 시 집

창비

차 례

제1부

운(運)

이력서를 낸 곳에 시외버스를 타고 이리저리 돌아
면접 보러 가는 길
내 이마를 툭 치는, 그것

내게 한마디 하려고 그 멀고도 험한 길을
달려왔다고 생각하니
눈물이 난다

나는 비로소 그것이
들판 그득하게 들어 있는 것을 보았다
나뭇가지에 파릇파릇 살아 있는 것도
새들과 함께 날아오르는 것도
도랑물을 타고 흘러가는 것도 보았다

그것, 꽉 쥐고 있자니
어느새 내 손바닥은 눈물로 홍건하다

봄

불타버린 낙산사에서 나도 모르게 미소 지으며
기념사진을 찍다가
이렇게 웃어도 되는가?

날이 저물어서야 그 이유를 알았다

연둣빛 촉을 틔운 봄이
낙산사를 품고 있었던 것이다

바늘구멍을 통과한 낙타가 쉬는 것처럼
편안한 얼굴

나는 그 모습이 좋아
폐허의 낙산사에서 미소 지으며 기념사진을 찍었던 것
이다

품

여름이 되었으니 아이들에게 수박을 먹여야 한다고
지갑을 털어 사든 것은
용기 있는 행동이 아니다
극적인 결정도 아니다

아무리 심심해도 아이들이 여름에 썰매 타는 흉내를
내지 않는 것처럼
  언 땅이 녹는 봄에 가을 운동회를 떠올리지 않는 것처럼
내 몸에 든 질서에 따랐을 뿐이다
  질서의 잔등에 올라타서 바람을 쏘였을 뿐이다

그동안 살아오면서 깨달은 사실은
시장의 품이 어머니의 품과 다르게, 안길 수 없다는 것
그리하여 나는 평범한 질서에 무릎 꿇고
수박을 사든 것이다
때로는 화내고 야단쳤지만
투박한 손으로나마 머리를 쓰다듬어주고

아버지의 얼굴에도 질서가 있다는 것을
보여주고 싶었던 것이다

나의 삶에 기적은 결코 일어나지 않았고
앞으로도 일어나지 않을 것이다
한때는 그 질서가 가시가 되어
패배감과 굴욕감에 젖어 있는 나를 찔러댔지만
이제는 품을 수 있다
빚에 쪼들린 작은아버지가 자살한 후부터 그랬을 것
이다

홍무수 맛

고기 한점 맘대로 들지 못한 큰고모님이
홍무수가 먹고 싶다고 하신다
몸통 전체가 붉고
아랫부분에 고구마 같은 구근(球根)이 달려 있다는 무
나는 본 적 없어
아직 못 구하고 있다
그러나 무조차 드실 날이 얼마 남지 않은 큰고모님의
소망을
나는 저버릴 수 없다

인간에게 가장 맛있는 음식이란
양식이 부족할 때 저장해두고 먹는 것이란 말도 있듯이
6·25전쟁 시절
식량 대신 삶아 먹기도 했다는 홍무수

나는 살아가면서 또하나의 별미를 갖게 되었다
식량을 아끼느라 할머니가 만들어주신 손국수를

당신 돌아가신 뒤 더 좋아하는 것처럼
고모님의 마지막 입맛을 당긴 그 홍무수를
평생 달게 먹을 것이다

아직 먹어본 적 없는 홍무수
너무 귀한 맛이기에
나는 이 저녁 밥상 앞에서 눈물을 흘린다

안부

시골에서 생전 듣지도 보지도 못했던
췌장암이 믿기지 않아
서울의 큰 병원에 확인검사를 받으려고 올라오신 큰고
모님
차에서 내리자마자

여기 문재가 사는데, 문재가 사는데……

서울의 거리를 메운 수많은 사람들과 차들과 상점들
사이에서
장조카인 나를 찾으셨단다

나는 서울의 구석에 처박혀 있어
어디에서도 찾기 어려운데
어디에서도 찾을 수 있다고 생각하신 것일까

나는 목덜미에 찰랑찰랑 닿는 목욕탕의 물결에도

칼날에 닿은 듯 어지러움을 느끼고 있는데
콧노래를 부른다고 믿으신 것일까

지하도로 들어오는 한줄기 햇살만큼이나 보고 싶었
지만
내게 부담된다고 아무 연락도 안하고
하늘까지 그냥 가신 큰고모님

아귀다툼의 이 거리를 헤치고 출근하다가 문득
당신의 젖은 손 같은 안부를 듣는다

별똥별

동석이 어머니가 며칠 앓다가 떨어졌다

외아들인 동석이는 대구에서 짜장면 배달을 하다가 트럭에 깔렸다

아들 없어 업신여김 당한다며 장날마다 술주정하던 산옥이 어머니도 떨어졌다

산옥이네 집에 양자를 준 산옥이 어머니의 시동생 형옥이 아버지도 떨어졌다

손자들 사랑에 마실을 안 다닌 향숙이 할머니도 떨어졌다

점잖기만 하던 대흠이 아버지도 떨어졌다

대흠이 아버지의 큰형님도 떨어졌다

술에 약해 비틀거리며 신작로를 걷던 상호 아버지도 떨어졌다

많이 모자라는 상호는 제 아버지의 장삿날 먹을 것이 많다고 좋아했다

아침마다 우리 집에 와 며느리를 흉보던 선희 할머니도 떨어졌다

선희 할머니는 그래도 큰며느리집에서 죽어야 한다고 인천으로 따라갔다

선희 아버지는 그곳 공장에서 일하다가 엄지손가락을 날렸다

작은아들을 따라 경기도 안산으로 갔던 형숙이 할아버지도 떨어졌다

키가 말처럼 크고 이야기를 시원하게 하던 형숙이 할머니도 떨어졌다

형숙이 삼촌도 공장 일에 지쳐 시름시름 앓다가 떨어졌다

목소리가 카랑카랑하던 형삼이 할아버지도 떨어졌다

착하고 수줍음 많던 형삼이 할머니도 떨어졌다

형삼이 삼촌 상술이는 몇해 전 농약을 마셨다

우리 할머니와 의형제를 맺은 용수 어머니도 밭고랑에서 떨어졌다

선생님

1

수업은 포플러들이 울창한 정원에서 했는데
교탁과 의자가 놓인 중앙에는 큰 지하 교실이 있었다
우리들은 중간고사나 기말고사 때마다
사다리를 타고 내려가 그곳에서 시험을 치렀는데
선생님께서 지상 어디에서 감독하는지 알 수 없는데
다가
시험 문제만 읽을 수 있을 정도로 어두컴컴해
커닝은 아예 없었다

2

졸업시험도 그곳에서 시행되어
선생님께서 나눠주는 시험지를 받아 들고
나는 아이들을 따라 내려갔다
시험 문제는 걱정했던 것에 비해 훨씬 쉬워

아이들은 재빨리 답을 써서 사다리를 딛고 올라갔지만
나는 마지막 수학 한 문제를 풀지 못해
그만 꼴찌가 되었다

시험을 못 봐도 큰일이겠지만
나는 자존심을 버릴 수가 없어 땀을 뻘뻘 흘리며
문제를 풀고 또 풀었다
그러나 아무리 애를 써도
도저히 답을 쓸 수가 없어 나는 연필을 놓고
무심히 위를 쳐다보았다
정원을 덮고 있는 포플러 가지들이
흐린 겨울 저녁과 함께 흔들리고 있었다

3

나는 문제를 푸는 것을 포기하고 대신
선생님께 편지를 쓰기 시작했다

시험 문제를 다 풀지 못했지만
선생님께서 백 점을 주실 것 같은 기대감이
편지를 써가는 동안 들기도 했다
수업을 마칠 때마다 선생님께서 해주신 곳집 얘기가
너무 무섭다고 솔직하게 고백했기 때문에
선생님께서도 무서워할 것이라고 생각한 것이다

나는 편지로 채운 답안지를 들고
사다리를 딛고 올라갔다
기다리다가 지쳤는지 선생님께서는 의자에 앉아 졸고
계셨고
아이들의 자리는 텅 비어 있었다
시험을 다 보았다고 조용히 알리자
선생님께서는 눈을 뜨고 수고했다고 하시면서
수업은 이것으로 마친다고
곳집 겁내지 말고 가라고 말씀하셨다

4

선생님의 말씀을 듣는 순간
곳집을 더이상 무서워하지 않고 지나갈 수 있다는 자
신감이
가슴 저 아래에서 드는 것을 느꼈다

목련꽃

잠자리에 들었는데 천둥 치는 소리가 들린다
비도 제법 내리는 것 같다
택시에 받혀 나가떨어진 엊저녁 퇴근길에 본 사내가
떠오른다
그의 아내도 저 천둥소리를 듣고 있을까
정비공으로 일하는 작은동생의 운전길이 미끄러울
텐데
쇠를 만들어 밥 먹는 제철소 친구들의 안전화가 젖을
텐데
자전거를 타고 건너다가 넘어졌던 그곳 철길이 여전히
미끄러워
나는 이불 속으로 움츠러든다
이사를 다녔던 거미줄 같은 길들이 질펀하다
시골집의 낡은 전선과 형광등이 괜찮을까
할머니의 산소가 허물어지지 않을까
잠자다가 일본 광산에 끌려간 조선인들, 그들이 탄 열
차가 흔들린다

그들은 무슨 생각을 하며 고향을 바라보았을까
그날도 저렇게 비가 내리지 않았을까

출근하려고 현관문을 열다가 깜짝 놀랐다

나의 길을 내기 위해 목련꽃들이
천둥소리를 잡아먹고 널브러진 채 죽어 있는 것이다

귤

나는 저 작디작은 손들을 볼 때마다
걸음을 멈추곤 한다
은행과 보험사와 증권사가 더이상 보이지 않는
골목의 구멍가게를 지나칠 때
처진 나의 마음을 일으켜 세우는 것이다
나는 집으로 품고 가기 위해
주인집 아주머니에게 알은체까지 하며
봉지에 적당히 담는 것이다
저것들이 눈을 활짝 열어주는 별이 되리라고
나는 생각하지 않지만
기쁜 그림엽서쯤은 될 것이라고 믿는다
또 내 그림자를 키우지는 못하겠지만
정치 뉴스처럼 짜증스러운 하루를 보듬어주는
우리 집 현관문쯤은 될 것이라고 믿는다
저것들의 눈빛이 있는 한
나는 꽤 깊은 밤까지
한그루의 나무를 심듯 사람들의 마음을 읽을 것이다

꽝꽝 언 이 겨울 같은 세상살이에서
주택부금을 들 때와 같은 기대감을 품고
가장의 체면도 지킬 것이다

가장자리에서

가장자리에서 나는 새벽 돛을 올린다

가장자리에서 이불을 개고 머리를 감고 면도를 한다
가장자리에서 아침을 차리고 설거지를 하고 쓰레기 분
리수거를 한다
가장자리에서 달려오는 차들을 피해 횡단보도를 건너
고 출근버스에 오른다
가장자리에서 라디오 뉴스를 들으며 주방의 가스밸브
가 잠겼는지 걱정한다
가장자리에서 대출이자를 걱정하고 시계 약을 넣는다
가장자리에서 구두를 수선하고 인터넷 골목을 뒤지며
출구를 찾는다
가장자리에서 튼 손에 크림을 바르고 흰머리를 뽑는다
가장자리에서 술을 마시며 막차를 걱정하고 이삿짐센
터를 부른다
가장자리에서 『전태일 평전』을 떠올리고 계약직 신분
증을 찢는다

가장자리에서 라면을 끓이고 실직자의 자살 소문을 듣
는다

가장자리에서 라면을 먹고 학교 준비물을 챙기고 중간
고사를 치르는 초등학생 딸을 고마워한다

가장자리는 나의 침실이다

가장자리는 감기 든 나를 일으켜주는 얼큰한 콩나물국
이다

가장자리는 나의 계좌이다

가장자리는 나를 착한 욕심쟁이로 만드는 앨범이다

가장자리는 나의 신발장이다

가장자리는 나의 길을 넓혀주는 줄자이고 곡괭이이다

가장자리는 나의 돛단배이다

가장자리에서 나는 새벽 돛을 올린다

나침반

안방에서 우글대는 새끼 돼지들이
식구들의 사랑을 갓난아기처럼 받은 것이 문제이다

어떻게 해야 할지 고민하다가
마침내 나침반을 사야 할지 말아야 할지에 이르렀다
나는 아직까지 나침반에 기대지 않고
친구를 부를 수 있고 집을 살 수 있고 책을 쓸 수 있다
고 믿는데
당첨된 사람들 대부분이 품었다는
그 해몽이 아까워
버리지 못하고 있는 것이다

구하지 않아 행운을 놓치는 일보다 걱정되는 것은
나침반을 자꾸 돌릴 습관이다
나는 돼지를 볼 때마다 나침반을 살 것이고
당첨되지 않으면 잠자리를 원망할 것이고
또다른 저녁을 희망할 것이다

결국 나는 잠과 돼지와 날씨와 몸값을 이끌어가는
나침반을 훔치게 될 것이다

나침반에 자존심을 걸기에는 사실 억울한데
놓칠 수 없다고 이 아침
거울처럼 들여다보고 있는 것이다

신발

깨끗이 씻긴 흰 고무신 한 켤레가 샘 가에 있어
신고 집으로 돌아오신 큰고모님

그 꿈을 꾼 다음날
몸이 좋지 않아 병원에 가니, 췌장암이었다

장지에서 고종사촌들에게 꿈 얘기를 들으며
나는 구두를 내려다본다

주인의 명령을 그저 기다리는 순한 개처럼
다소곳하게 있는 구두

나를 살리기 위해 빙판의 오르막길을 올랐고
식구들을 생각하며 점심을 먹었고
막차로 귀가한 날도 많았다
때로는 몸살 걸린 나를 간호하기 위해
온종일 현관을 지키기도 했다

그러므로 구두를 닦지 않은 일을
바쁘기 때문이라고 변명할 것이 아니다

저승길을 갈 때는 나도
깨끗한 신발을 신고 가고 싶다

주인

마을의 공동 수도에서 목을 축인 뒤
수도꼭지를 잠그려는데 잘되지 않았다
이리저리 돌려보기도 하고 내리누르기도 했지만
졸졸 떨어지는 물줄기를 막을 수가 없었다
많이 흐르는 것은 아니었지만 그냥 놔둔 채 떠날 수
없어
나는 계속 잠그려고 했다
그래도 낡은 수도를 갈 수 있는 인물인데
몇년 만에 찾은 고향에서 수도꼭지를 잠그는 동안에도
나는 배운 사람이라고 어깨에 힘을 주었다

그때 이웃의 할머니께서 다래끼를 허리에 매고
자박자박 걸어오셨다
어렸을 때 나를 업어주기도 한 분이셨는데
다래끼 안에는 상추가 병아리들처럼 소복이 들어 있
었다
나는 손님을 끌기 위한 가게 주인처럼 얼른 다가가

어디를 다녀오시느냐고 여쭈었다

이놈의 날씨 뒈져뿌러라

할머니는 내 인사의 답으로 한바탕 욕을 해대면서

두꺼비 같은 눈으로 웃으셨다

그리고 수도꼭지를 틀어 목을 축이고 나서 곧바로 잠
근 뒤

다시 자박자박 가셨다

아무렇지도 않게 수도꼭지를 열고 잠근 할머니의 모
습을

나는 믿을 수가 없었다

나도 해볼까, 또 물이 흐를까 겁이 나 틀지 못하고 있
었다

내가 마을의 주인이 아니라는 생각이 서서히 들었다

집

자정인데 작은방에 있는 아내가 급히 부른다
무슨 일인가 싶어 얼른 달려갔는데
거미를 잡아달라는 것이었다

거미는 목욕탕 굴뚝같이 높은 방구석에
제법 집다운 집을 지어놓고 있었다

나는 거미를 잡을 수 없다고 했다
뜻밖의 대답에 놀란 아내는
왜 잡을 수 없느냐고 항변했다

토끼풀꽃 같은 집을 지은 거미에게 원망 듣고 싶지 않
다고 말했다

거미한테 원망 듣는 것은 무섭고 마누라한테 원망 듣
는 것은 안 무섭느냐고 아내가 따졌다

어떤 선택을 하더라도 원망을 들을 수밖에 없는 나는
아내의 방을 나왔다

자정이 넘어 잠을 수가 없네요

귀가

1

나는 흥얼거리며 골목길을 올라갔다
언덕 위에 우리 집이 보이는데
아직 식구들이 돌아오지 않았는지 아니면 모두 잠들었
는지
불은 켜져 있지 않았다
나는 얼른 들어가 불을 켜야겠다고 생각했다

그런데 올라갈 수가 없었다
얼어붙은 길이 너무 미끄러워
발을 제대로 딛지 못하고 자꾸 뒤로 밀려나는 것이었다
술 몇잔을 마셨다고 이렇게 힘이 없을까
나는 오기를 가지고 올라갔지만
몇걸음 못 가 다시 미끄러지고 말았다

2

이대로 포기할 수는 없지, 나는 밧줄을 구해 와
매듭을 지어 집을 향해 던졌다
밧줄은 대문에 정확히 걸려
나는 밧줄을 감아쥐고
한 발씩 오르기 시작했다

그런데 집에 거의 다가갔을 때
대문이 나의 몸무게를 견디지 못하고
내 쪽으로 기우는 것이 아닌가

나는 할 수 없이 밧줄을 놓고
오르는 것을 포기했다

얼른 들어가 불을 켜야 하는데
아내와 어린애들의 얼굴을 어루만지며

위대한 아버지가 왔다고 큰소리쳐야 하는데
따뜻한 방에 내 슬픈 그림자를 눕히고 재워야 하는데

　3

눈이 내리기 시작했고 밤바람이 제법 찼다
나는 눈을 감고 한참을 서 있다가
신발을 벗었다
양말도 벗었다
그리고 고양이처럼 손발을 오므렸다

나는 온몸으로 길을 녹이며 오르기 시작했다

손목시계

날마다 날개를 찾다보니 어느새 마흔이다
그사이 깃이 돋은 고향의 도랑물은 말라붙었고
뽕나무밭은 가시덤불 속으로 묻혔다
나는 항상 나의 손목시계가 날개를 달 수 있다고 믿고
신문을 읽고 텔레비전을 보고 감기약을 사 먹고
때로는 도시락을 싸서 도서관에 갔다
그때마다 내가 달고 싶은 날개들이
길 건너편에서 반짝거리며 빛나는 것을 볼 수 있었다
나는 그 날개들을 바라보며
내가 지닐 수 없는 무지개라고 아쉬워했지만
결코 포기하지는 않았다
내가 찾는 날개들이
나를 별처럼 높게 날리지 않음을 잘 알고 있었지만
떨어진 깃 하나가
나의 신발이 되고 양식이 되고 안방이 되고
나의 거울이 된다는 것을 믿었던 것이다
그리하여 오늘 아침 손목시계부터 찾고
고모님이 입원한 병원에 갈 준비를 하는 것이다

제2부

책이 무거운 이유

어느 시인은 책이 무거운 이유가
나무로 만들었기 때문이라고 했다
나는 책이 나무로 만들어진다는 사실을 시험을 위해
알았을 뿐
고민해보지 않았기 때문에
그 말에 밑줄을 그었다

나는 그 뒤 책을 읽을 때마다
나무를 떠올리는 버릇이 생겼다
나무만을 너무 생각하느라
자살한 노동자의 유서에 스며 있는 슬픔이나
비전향자의 편지에 쌓인 세월을 잊을지 모른다고
때로는 겁났지만
나무를 뽑아낼 수는 없었다

그리하여 나는 한그루의 나무를 기준으로 삼아
몸무게를 달고

생활계획표를 짜고
유망 직종을 찾아보았다
그럴수록 나무는 말 한마디 하지 않고
하루하루를 채우는 일이 얼마나 힘든가를 보여주었다

내게 지금 책이 무거운 이유는
눈물조차 보이지 않고 묵묵히 뿌리 박고 서 있는
그 나무 때문이다

달

박인환의 시 「검은 강」에 들어 있는
정막보다 처량한 달이
불혹의 내 몸에 들어 있다
돈을 넣고 자판기 버튼을 누르면
시원한 콜라나 따끈한 커피가 주르륵 나오듯
혼자 저녁을 먹거나
지하철역을 오르내리거나
심지어 에로틱한 소설을 읽고 있는 동안에도
달은 내 몸에서 꿈틀댄다
그리하여 승차한 버스에서 당연히 요금을 내야 하듯
나는 달을 품고 있는 것이다
야간열차를 타고 낙향하는 가장(家長) 같은 달
계수나무 아래에서 절구를 찧는 옥토끼는 사라지고
시궁창에 처박혀 있는 라면 봉지 같은 달
나는 달에 대한 책임에 마취당하기 위해
일요일 자정이 지나도록
흙탕물을 건너는 수재민의 심정으로 깨어 있는 것이다

뽕잎을 야금야금 갉아먹고 자라나는 누에처럼
이 도시에서 살아날 달을 위해
처량하게 각서를 쓰고 있는 것이다

단단한 무늬

용접된 것처럼 찍힌 이력서와 호치키스 침 사이에는
긴장감이 팽팽하다
자신을 억누르는 호치키스 침을 물리치기 위해
이력서는 양손으로 밀어내고 있고
이력서의 대항으로부터 자신을 지키기 위해
호치키스 침은 애를 태운다
가끔 힘을 충전시키기 위해 이력서는 손목을 털어대고
호치키스 침은 허리운동을 해댄다
덧없는 거품을 남기면서도
쉴 새 없이 몰려오는 파도처럼 서로 땀을 흘리는 동안
몇권의 헌책뿐인 나의 방은 뜨거워진다
처졌던 오후가 부풀어 오르고
쭉정이 같은 마흔살이 채워지고
양손의 박수소리가 종소리보다 크게 울린다
나의 욕심마저 벽시계의 바쁜 걸음에 놀라지 않고
밀린 전기세도 걱정하지 않고
그들의 어깨를 밀치고 나선다

어느덧 나의 욕심과 이력서와 호치키스 침 사이의 거
리는 무너지고
단단한 무늬가 된다
질투가 반전된 것이 아니라
각자의 욕심이 새 책의 표지처럼 빛나고 있는 것이다
창공으로 날아오르는 나무의 성격만 있을 뿐
서로에게 양보나 수정은 없다
서리가 내리는 날에도 없을 것이다

벽화 앞에서

더이상 주저하지 않을 것이다
나의 처지가 무덤 속 목내이에 불과할지라도
강마을의 물소리를 들으며
동구 밖으로 나갈 것이다
새벽길의 항해를 포기한다면
나는 오기라도 부려 무서리를 걷어내야 한다
그러므로 나뭇가지 같은 길의 주인이 되기 위해
나는 수면을 차고 오르는 물새처럼
헌 신발을 강물에 띄울 일이다
추억에 젖으면 지쳐 가라앉을 터
차라리 자멸의 순간을 서늘하게 각오하고
기러기 떼 같은 새잎을 피울 일이다
바라보는 저 문틈이
아침 햇살이 튀는 포구라고 착각해도 좋다
항해에 쓸 나침반을 준비하는 나는
단죄할 필요가 없는 것이다
어차피 나는 팔매질 같은 반항을

오랫동안 희망하지 않았는가
강물 소리가 샛길을 천천히 지우는 이 저녁
나는 세 발 까마귀답게
또다른 언덕 너머를 바라보고 있다

까치집

안심하지 마라
생색의 거리를 잃어서는 안된다

세상은 돌아오는 봄처럼 바뀌는 것이 사실이어서
의외의 발전이 있기도 하지만
미래에 기대서는 안된다

나는 교통카드 하나로 버스도 지하철도 탈 수 있어
가슴이 뭉클하다
그것이 외상일지라도 눈치 보지 않고
광장을 찾아가는 데 편리하기 때문이다

그러나 아직 멀었다
나는 카드 하나로 세금까지 내고 있지만
보상받을 터가 없는 것이다

미끄러운 돌다리를 딛는 순간처럼, 경계하라
고지(高地)가 집을 지켜주지 않는다

꽃

지금 네가 흘리고 있는 진땀이 비누 거품처럼 꺼지고
말겠지만 그 어떤 위로의 말도 건네지 않으련다

너는 사라지는 운명에 미련을 가지고 사진이나 찍어대
지 않는다 떠날 때에는 그림자까지 거두어 갈 용의를 너
럭바위의 표정처럼 지니고 있는 것이다

절벽에 매달려 있는 조난자처럼 장맛비에 파인 언덕에
서 흔들리면서도 권투 글러브를 끼는 링 위의 도전자 같
은 불길을 너의 키 위로 넘긴다

그 어떤 하소연도 패악으로 간주한다고 너는 정으로
비석을 쪼듯 녹음한다 햇볕이 바뀔 때마다 네 목소리는
변색되고 말겠지만 다시 태어나지 않음을 믿고 있기에
너는 추억을 한움큼 움켜쥔 바람처럼 진땀을 흘리고 있
는 것이다

새순 지팡이

새벽 파도가 지쳐 있는 나의 발에 닿을 때마다
연둣빛 새순이 돋는데
바위라도 뚫을 듯한 기세로 솟아나
어느새 내 허리에까지 이른다
나는 그중 하나를 골라 지팡이로 삼고
가야 할 길을 내다보는데
버스 노선과 지하철 운행시간과 선생들의 잠버릇까지
빼곡히 적혀 있는 지도가
새순 끝에 대롱대롱 매달려 있는 것이다
젖은 발가락들이 오그라들었고
입술을 깨물어도 소용없게 졸음이 밀려오지만
나는 돋보기를 끼지 않고도 지도를 볼 수 있음을 기뻐
하며
동굴 속처럼 컴컴한 해무(海霧)를 헤친다
등대가 내 발을 위해 풀무를 돌리고
갈매기들이 호각소리 같은 행진곡을 부르고
수평선이 내가 도착해야 될 곳을 깃발 흔들며 알린다

나는 배가 고프지만
새순을 따서 소처럼 잘근잘근 씹으며
서리 맞은 길을 찬찬히 일으켜 세운다

첫눈의 노래

아직은 낭만을 간직하고 싶구나 먹이 사냥을 하러 바글바글 나가는 개미 떼처럼 나는 숨 막히도록 달린다 저 벌판 너머에는 언 발을 녹여줄 집이 있으리, 나는 불타오르는 나무처럼 달려간다

나는 우시장의 소처럼 울부짖다가 상의의 단추를 떨어뜨렸다
돈 따위는 시시하다고 만용을 부리기도 했다

그때의 나를 기억하라
그때의 나를 잊어라

나는 「인생」이란 유행가를 막걸리에 취한 듯 부른다 수천개의 바늘이 등에 꽂힌 듯 발바닥은 축축하게 젖어온다 내 몸에 든 멍 같은 파란 보리 싹들이 왕왕 울리는 보안장치처럼 벌떡벌떡 고개를 내미는데 그들의 눈빛이 거미줄에 걸린 아침 이슬처럼 반짝인다

개중에는 이가 빠진 자도 있고 땅에 묻힌 채 등만 보이는 자도 있다 오랜 친구의 이름처럼 세월을 견디어온 그들에게 나는 손을 내민다

아직은 낭만을 간직하고 싶구나 나는 운명을 모르지만 보리 싹들의 튼 손을 눈물 흘리며 잡는다 뽕나무밭 가에서 솟는 샘물을 벌컥벌컥 들이마시고 언덕 너머에서 불어오는 겨울바람에 맞서며 하늘로 날아오르는 종달새처럼 달려간다

다음에

그는 자상한 관심을 보이지만
트럼펫 소리 같은 나의 정열은 감소된다
분노를 거름으로 쓰라고 그는 나의 집안에 화초를 심
어주지만
바뀐 신호등 같은 나의 슬픔은
콘크리트처럼 단단하다
그는 애완견을 쓰다듬듯 내 손을 어루만지지만
나의 비웃음은 거품을 낸다
팔랑팔랑 날아가는 나비 같은 숨소리를 내며
그는 내게 신발을 신겨주지만
싸락눈조차 막지 못해 나의 발은 시리다
그는 천렵할 날을 잡고 건너갈 돌다리를 놓았다가
무단접근금지 팻말을 이내 꽂고
윤슬 같은 미소를 건네지만
오랜 나의 가난에 반사되지 못한다
대궐 같은 집을 인감도장을 새기듯 짓기도 하지만
손자 걱정하는 내 어머니의 출입까지 막는다

그가 내팽개친 나의 독본을 찾아
졸음을 참으며 트럭을 몰고 가는 길
나의 면허는 그에게 또 정지되고 말 것인가

까마귀 소리

정원수마다 햇살이
벌 떼처럼 달라붙어 바글바글거리는 아침인데
뜻밖에……

어디에서 나는 걸까?
침대에서 벌떡 일어나 살펴보아도
바다처럼 파란 하늘과 하늘처럼 맑은 산과 산처럼 조
용한 골목뿐
보이지 않는다

재수 없는 저 소리, 그러나 재수 없다는 생각이 들지 않아
침을 뱉지 않고
도로 침대에 눕는다
소리는 어느새
화전민의 아들이 뛰노는 밀밭으로 들어가
밭둑의 뽕나무를 흔들고
뒷산의 밤꽃으로 날아갔다가

흰 구름을 타고
산등성을 천천히 넘어가는 것이다

사람들의 목소리가 골목을 채우자
어느새 들리지 않는다

꿈속에서 들었던 것일까?
까치 소리였던가?
아니, 죽은 돼지머리의 웃음소리였던가?

사십대

아웃, 나는 이 호각소리에
더이상 놀라거나 실망할 이유가 없어
십이월의 섬에서 고독하게 저녁을 맞는다

식사 시간에도 새벽안개를 긁어모았고
담화문을 향해 돌을 던지는 심정으로 책을 읽었고
일기장마다 건조한 지도를 그려온 나의 그림자도
조용히 앉아 풀어지고 있다

저쪽 언덕 위에서는 위로(慰勞)가
마치 송편 같은 눈으로 아웃된 나를 안쓰러워하며
거울을 비춰주고 있다
머리가 허옇고 눈을 껌벅거리고
장작개비처럼 마른 팔로 책을 들고 있는 한 노인이
등을 구부린 채 골목길을 가고 있다
위로의 품에 안겨 흐느끼고 싶지만

이내 포기한다
나의 카리스마가 화를 내며 언성을 높인 것이다

아웃, 나는 이 호각소리를 무시하고
십이월의 섬에 앉아 카리스마의 독설을 묵묵히 듣는다

아름다운 얼굴

아주 잠깐이었지만
대천 앞바다에서 윤슬을 바라보다가 깨달은 일은
아름답게 죽는 것이었다

소란하되 소란하지 않고
황홀하되 황홀하지 않고

윤슬이 사는 생애란 눈 깜짝할 사이만큼 짧은 것이지만
그사이에 반짝이는 힘은
늙은 벌레가 되어가는 나를 번개처럼 때렸다

바람에 팔락이는 나뭇잎처럼
비늘 조각 하나 남기지 않고 사라지는 윤슬의 얼굴
너무 장엄해
나는 눈을 감을 수 없었다

아주 잠깐이었지만

대천 앞바다에서 윤슬을 바라보다가 깨달은 일은
아름답게 사는 것이었다

산길

노새 똥이 널린 네팔의 산길에서 발견한 것은
길을 달고 있는 길들이었다
어떤 길은 빨래가 널린 길을 달고 있었고
어떤 길은 아낙들이 피사리를 하는 길을 달고 있었고
외양간과 안방이 하나인 길을 달고도 있었다
옥수수를 키우는 길
멍석을 펴놓은 길
거머리를 키우는 길
폭포를 늘리는 길
히말라야의 구름을 쳐다보는 길도 있었다

길 위의 아이들은 맨발이었고
남자들 대신 여자들이 낫을 들고 있었고
광주리를 엮는 노인의 손은 개의 졸음처럼 느리기만
했다
  학교를 가리키는 다랑논들은 작았고
  마을의 제단은 아이들의 키만큼 낮았다

그래도 아이들은 노인들에게 인사를 잘했고
아낙들은 땅바닥에 둘러앉아 저녁을 손으로 비벼 먹
었다
닭들은 알을 제때에 낳았고
염소들은 애처롭게 울면서도 길을 잃지 않았고
개들은 소와 닭과 사람을 지킬 수 있을 만큼 컸다

산에서 나온 길들은 우물가에서 한숨 쉬었고
비가 내리면 개와 소와 닭들이 젖지 않도록 먼저 젖
었다

길들은 저녁때가 되면 모두 산으로 돌아갔다

배수진을 친 집

아무리 지치고 힘들어도 집에 들어서면
마음이 놓이는 이유를
마흔이 넘어서야 알게 되었다

나는 전태일처럼 배수진을 치지 못해
약한 바람에도 복날의 개처럼 끌려다녔고
허수아비처럼 굽실거릴 수밖에 없었다
그동안 배수진을 쳤다고
얼굴 인상을 문신처럼 지어보기도 했지만
모기장에 들어온 모기 한 마리 잡는 것에 불과했다

외길에 배수진을 쳤을 때
싸움에서 이기고 지는 문제는 사라진다
새들의 날개가 날아가는 순간을 위해 목숨을 걸듯
나를 위한 싸움만 놓여 있는 것이다

한 발짝도 물러서지 않고 배수진을 친 집이 있기에

그림자마저 얼었어도

들어서기만 하면 마음이 놓이는 것이다

제3부

약수

아프니까, 약수를 찾는다

아프니까 약수를 마시고 약수에 말 걸고 약수와 악수
한다
약수를 이해하고 약수를 지지하고
약수 앞에서 반성하고 약수여, 애원한다

약수 뒤에서 나의 졸렬을 인정한다 흰머리를 인정한다
주눅을 인정한다
모가지를 비틀 만큼 증오하려다가 인정한다
명령으로 가리키는 출구를 인정한다

담배를 물지 않고 인상 쓰지 않고 무위로 타협하지
않고
허리 굽혀 약수의 말을 듣는다
반항하지 않고 듣는다 배신하지 않고 듣는다

본디 아팠겠지만
아프니까, 아프니까, 약수를 찾는다

염소

벚꽃이 어지럽게 떨어진 길을
어미 염소가 타달거리며 가고 있다
그 뒤에는 새끼 두 마리가
아니 열 마리 스무 마리가 총총 따른다

우스꽝스러운 몇가닥의 턱수염 같은 기침을
가끔씩 내뱉으며 간다

어디를 보더라도 새끼를 데리고 갈 힘이 어미 염소에
게는 없다
그리하여 가던 걸음 멈추고
구치소의 아들을 면회하는 아버지 같은 얼굴빛으로
하늘을 쳐다본 뒤
다시 길을 간다

그림자가 그 어떤 길도 마다하지 않고 주인을 따르듯
옛날의 어미가 갔던 길을 따라간다

어미 염소는 자신이 어디로 가는지 모른다
어떻게 가야 하는지 모른다
단지 새끼 두 마리가
아니 열 마리 스무 마리가 뒤따르고 있다는 것을 알고
있을 뿐

새끼들이 힘이 된다고 생각하고 있을 뿐

도둑고양이

야간 일을 마치고 집으로 돌아오는 골목에서 쓰레기통을 뒤지던 한 마리의 고양이와 마주쳤다 주춤거리며 나를 쏘아보는 눈빛이 제법 무서웠는데 슬퍼 보이기도 했다 나에게 들켰다고 화를 내는 것일까 부끄러워하는 것일까

다음날 저녁 나는 다시 그 쓰레기통에서 고양이와 마주쳤다 나를 아는 눈치였다 어제와 마찬가지로 무서운 눈빛이었지만 늦가을 바람에 이리저리 뒹구는 낙엽처럼 외롭고 슬퍼 보였다

그 다음날 귀갓길에 나는 고양이를 떠올렸다 어느새 고양이는 나의 슬픈 신발이 되어 있었고 외로운 거울이 되어 있었다 나는 조심스럽게 골목에 들어서서 다가갔다 그런데 고양이는 없었다 왜 오지 않았을까, 허망했고 걱정도 되었다

그후 고양이는 보이지 않았다 그렇지만 나는 그의 눈빛을 찬물을 끼얹어 장작불을 끄듯 내 마음속에서 끌 수가 없었다 무서웠고 슬퍼 보였고 외로워 보였던 그의 눈빛

나는 그 눈빛을 촛불로 삼고 복잡한 서울 거리를 헛디디지 않고 다녔다 구조조정에 휩쓸리지 않으려고 인터넷 뉴스를 뒤졌고 아이들의 용돈을 마련하려고 교통비를 아꼈다 주눅 든 마음을 일으켜 세우려고 『전태일 평전』을 읽었고 겨울바람을 막으려고 전세 대출금 이자를 연체하지 않고 냈다

착지점, 이자

나는 어떤 이유에서인지
비행기에서 낙하하는 꿈을 가끔 꾼다

공중에서 내려다보는 바다 위에는 보트가 떠 있는데
필승! 충성! 같은 군대 구호나
안전! 제일! 같은 공단의 구호가 착지점의 표시로 박혀
있어
낙하산을 조종하며 내려간다

그런데 말일인 어제의 꿈에서는
이자(利子)란 구호가 보트 위에 새겨져 있어
나는 경악했다
의아스럽기도 했고 억울하기도 했고
부담스럽기도 했다
그렇지만 안 내려갈 수 없어
이자! 이자!

바다에 빠지지 않고 내려앉은 다음날

나는 아파트 관리비며 도시가스비며 전기세며 아이들 학원비를

구호를 외치며 납부했다

손안에 없는 별을 위하여

1

돈, 돈 하고 있는데
주는 돈 다 셈하면 가져도 좋아, 못하면 헛일이고
나는 이자의 제의에 휘파람을 불었다

만원, 이만원, 삼만원…… 십만원, 십일만원……
백만원, 백일만원……

얼마쯤 지났을까, 나는 돈방석에 앉아 있었다
세기만 하면 되었기에
유행가를 부르듯 부지런히 이어갔다
천일만원, 천이만원, 천삼만원……

2

그러나 점점 초조해졌다

설마 그렇게 많이 가졌을까 하고 생각했던 이자의 돈이
끊기지 않고 속주머니에서 계속 나와
오히려 겁이 난 것이다
그래도 엄청난 기회를 잃을 수 없다고
나 자신에게 최면을 걸었다

일억 일만원, 일억 이만원, 일억 삼만원……

마침내 나는 헐떡거렸다
내가 이길 수 있는 게임이 아니라
이자에게 농락당하는 일이라는 생각이
산더미 같은 돈 앞에서 든 것이다
왜 그 사실을 몰랐을까, 이자의 얼굴을 쳐다보니
아무 일 없다는 듯 여전히 미소를 띠고
내게 돈을 건넸다

3

나는 그만둘 수밖에 없었지만
도망갈 수도 없었다
눈을 돌려 하늘의 별들을 쳐다보았다
어디에도 있는 별, 그러나 나의 손안 어디에도 없는 별

진정 내게 전략이 없는가?

이자의 감기에 걸린 어린이날

소를 부려 밭을 갈던 아버지의 목청이 가라앉았다
거실의 텔레비전이 가라앉았다
걸려온 전화를 조심스레 받는 어머니가 가라앉았다
안방의 장롱이 가라앉았다
야근한 뒤 점심도 굶고 잠자는 동생이 가라앉았다
화장실이 가라앉았다
벽에 걸린 가족사진이 가라앉았다
안부전화를 건 제철소의 동료가 가라앉았다
쿨룩거리는 냉장고가 가라앉았다
먼 지방의 공사장으로 간 여동생 남편이 가라앉았다
십년째 쓰는 전기밥솥이 가라앉았다
고객의 호출을 착하게 받는 막내 동생이 가라앉았다
돌아가신 작은아버지의 낡은 수첩이 가라앉았다
윤기 없는 아내가 가라앉았다
날아드는 먼지를 막지 못하는 현관이 가라앉았다
취직 걱정에 몸살이 난 내가 가라앉았다

인터넷 게임을 하는 아이들이 가라앉았다

사십을 생각한다

길거리에서 나물 파는 할머니를 만날 때
저녁 밥상에 앉아 숟가락질하는 아이들을 바라볼 때
텔레비전에 나와 말 잘하는 사람들을 볼 때
이력서를 낸 곳으로부터 불합격 통지서를 받았을 때
크레인이 설치된 공사장을 지나갈 때
도서관에서 일제 강점기의 자료를 찾을 때
미루나무에 지어진 까치집을 올려다볼 때
육교를 걸어 올라갈 때
가로등 없는 골목길을 지나갈 때
이 빠진 채 웃고 있는 장승과 마주 섰을 때
슈퍼마켓에서 일회용 면도기를 살 때
정류장에서 낙엽을 밟으며 오지 않는 버스를 기다릴 때
총동창회 모임 초청장을 받았을 때
주인공이 어렵게 살아남은 영화가 끝났을 때
연둣빛으로 물든 봄 산을 건너다볼 때
고속도로의 터널을 지나갈 때
전철에 올라타면서 비어 있는 노약자 좌석을 발견할 때

사십이 넘은 사실에 새삼 놀랄 때

인상된 대출금 이자를 확인할 때

이자가 적을 만든다

이자(利子)가 비디오로 하루를 때우는 제대병의 적을
만든다 양곡수매에 바쁘지 않은 시골 노인네의 적을 만
든다 모이를 줄수록 적자 나는 양계장 주인의 적을 만든
다 시절에 필요한 붉은 적을 만든다 전략에 맞춰 어두컴
컴한 적을 만든다

책을 읽을 여유가 없는 파출부의 적을 만든다 상사 썹
는 재미를 빼앗긴 실직자의 적을 만든다 막차를 걱정하
며 소주를 마시는 가장의 적을 만든다 아무리 쳐도 되살
아나는 펀치기 같은 적을 만든다 덤을 잘 주는 구멍가게
주인의 적을 만든다 겨울바람에 떨고 있는 포장마차의
적을 만든다

텅텅 빈 시외버스를 몰고 가는 운전사의 적을 만든다
전기세를 못 내 독촉장에 치이는 생활보호대상자의 적을
만든다 정규직을 꿈꾸는 중국집 배달부의 적을 만든다
전선같이 촘촘한 적을 만든다 복권 번호를 뒤지는 스포

츠신문 독자의 적을 만든다 고층 아파트를 영화 포스터 구경하듯 바라보는 노숙자의 적을 만든다

　모임에 나오지 않는 동창생의 적을 만든다 일감이 바닥난 세탁소의 적을 만든다 무서운 말일 같은 표정의 적을 만든다 생수를 포기하고 수돗물로 밥을 짓는 주부의 적을 만든다 날씨 걱정을 밥 먹듯 하는 일용직 노무자의 적을 만든다

　적이 없는 시대에 연체에 물린 적을 만든다

말일

부쩍 늘어난 새치를 우울하게 바라보며
그의 전화를 받는다
담배를 이긴 자신을 자랑하면서
빈 통장을 긍정하면서
정중하게 받는다
불쑥불쑥 꺼내는 그의 말투에
아끼던 지갑을 소매치기 당했을 때처럼 화가 났지만
클래식 음악을 떠올리며 참는다

전화를 받는 동안
내가 주인이고 그가 노예임을 잊었다
나는 장래가 촉망되는 아들이고
장맛같이 착한 손자이고
몸에 붙은 사마귀처럼 빠지지 않을 청년임을 잊었다

대출 기간과 연체금을 알리는 그의 목소리가
산꼭대기에서 굴러 내려오는 바위같이 크기만 해
나는 움찔, 눈을 감고 말았다

사남매

할머니가 밭에 나가 있는 동안
일곱살 동생이 열다섯 된 오빠를 데리고 논다
마늘 몇접 걸려 있는 처마 밑에 놀이터를 마련하고
텔레비전에서 본 것을 따라
방을 꾸미고 컴퓨터를 설치하고
화단을 가꾸고 우편함을 만들고 만국기를 단다
해가 뜨면 오빠와 할머니께 인사를 한 뒤 회사에 출근
하고
집에 있는 오빠가 궁금해 회사에서 가끔씩 전화를 걸고
과일과 붕어빵과 아이스크림을 사서 퇴근한다
저녁을 지어 오빠와 할머니와 냠냠 먹고 나서는
할머니의 다리를 주물러드리고
설거지를 한 뒤 잠자리에 든다
오빠는 동생의 소꿉놀이가 즐거운지 연신 고개를 끄덕
이고
헤헤 웃으며 손뼉을 치고
동생은 했던 놀이를 하고 또 해도 마냥 즐거워하는 오

빠가 좋아
집안 살림을 신나게 한다

밭에서 돌아온 할머니가 남매를 부르면
동생은 오빠를 이끌어야 된다는 마음으로
오빠는 동생을 따라가야 된다는 마음으로 달려간다
할머니가 세상에 두번 다시 오지 않기라도 하는 듯 치
마를 잡고
어두컴컴한 방에 들어서면
이부자리 곁에서 낮잠을 자던 또다른 남매가
기다렸다는 듯이 소리치며 일어난다
시멘트공장에 일하러 가다가 교통사고로 세상 뜬 남
편과
정신박약아인 아들과 이자가 안될 딸과 노모를 버리고
가면서
선물로 남기고 간 인형 남매가
어느덧 언니들과 어울려 놀 만큼 자라난 것이다

할머니가 부엌에서 저녁을 짓는 동안

사남매는 모여 앉아 오순도순 얘기를 하고 텔레비전을
보고

손뼉을 치며 노래도 부른다

시집 읽기

누구도 믿지 않는다며 방문 닫아걸고 읽었다
시집 속에 등불은 없었다
늙은 신도가 천국을 외치는 지하철역에서 읽었다
시집 속에 일할 자리는 없었다
전투경찰이 어디론가 바쁘게 몰려가는 거리에서 읽었다
시집 속에 조용한 공원은 없었다
맹인 부부가 뽕짝을 부르는 육교 위에서 읽었다
시집 속에 향수는 없었다
재건축 아파트 값이 홍수처럼 넘치는 동네에서 읽었다
시집 속에 따뜻한 방은 없었다
사채업자가 채무자를 두들겨 패는 골목에서 읽었다
시집 속에 신용대출은 없었다
포주가 처녀들의 자궁을 들어내는 산부인과에서 읽었다
시집 속에 어머니는 없었다
가두리 양식장을 허가하며 표를 긁어모으는 군청에서 읽었다

시집 속에 청정해역은 없었다

친일문학상 후보에 오른 것을 자랑하는 시인 앞에서
읽었다

시집 속에 지식인은 없었다

마흔의 나이에 낙향할지 모른다는 불안감으로 읽었다

시집 속에 내가 받을 이자는 없었다

불합격 통지서를 찢듯 쓰린 배를 움켜쥐고 읽었다

시집 속에 배고픈 내가 있었다

예

너는 울타리를 넘지만 그림자는 길기만 하다

너는 옷을 가볍게 입지만 처진 어깨를 세우지 못한다

너는 신작로처럼 훤한 길을 택하지만 길 끝은 어디에
도 없다

너는 편안한 하루를 희망하지만 일당의 명령을 거부할
수 없다

너는 결의하지만 밤을 설치는 비애를 잠재우지 못한다

너는 방문을 닫아걸지만 문풍지 바람에 맨발이 흔들
린다

너는 신념을 갖지만 종교가 되지 못한다

너는 영예롭게 마무리 지으려고 하지만 숟가락이 협조
하지 않는다

너는 벽을 사랑하지만 머리를 쥐어박힌다

너는 거주지 이전 신고를 하지만 곡괭이가 너의 집 담
장을 파댄다

너는 귀를 닫지만 빈 술병 소리가 개미처럼 파고든다

너는 냉수를 벌컥벌컥 들이켜지만 시들어가는 채송화

처럼 목이 탄다

　너는 그만 내다보려고 하지만 미련이 줄기차게 비를 뿌린다

　너는 자서전을 쓰지만 커버스토리가 야유한다

　너는 아내를 부르지만 이자에 피곤한 아내는 너를 포기한다

낙타가 바늘구멍을 통과하다

낙타가 바늘구멍을 통과하기만큼 어렵다는 말, 누가
했을까?
그 말을 한 사람의 심정은 어떠했을까?
그 사람은 무슨 일에 희망을 가졌던 것일까?
미국의 강점에 대항하는 이라크인들의 절박함이 그런
것 아닐까?

낙타가 바늘구멍을 통과하는 고통 떠올리는데
진실이 끝내 승리한다는 믿음을 비웃고 있는 자신을
발견해
나는 깜짝 놀란다
나이 때문인가?
책을 잘못 읽은 것인가?
친구를 잘못 사귄 탓인가?
그래도 자신을 부끄러워하고 있다는 사실에 희망을 가
져본다

『근로기준법』을 짊어진 낙타가 바늘구멍을 통과한 얼
굴을

　나는 확실히 보았기 때문이다

　어머니, 시장 일이 아무래도 크게 한판 벌여야겠어요

라면을 한 개 더 삶다

아이들이 밥맛 없다고 라면을 끓여달라기에
세 명분으로 두 개를 삶다가
얼른 한 개를 더 넣는다
라면 국물에 뜨는 기름이 몸에 좋지 않다고
개수를 줄이며 살아왔는데

나를 지탱하는 힘으로 삼던 라면 맛이 떠올랐기 때문
이다

24명의 자식들 점심으로 8개의 라면을 삶은 어머니
양이 많아야 한 입이라도 더 먹을 수 있기에
물을 많이 넣고 퍼지도록 끓였다

나는 전태일 어머니의 그 라면을 생각하며 젊은 날을
버텼다
자취방에 찾아오는 친구들에게
라면에 찬밥 말아 먹는 대접을 부끄러워하지 않았다

그러나 요즘 라면을 잘 먹지 않는다
　감기에 걸리면 보름을 넘기기 일쑤고
　욕할 때조차 큰 소리를 내지 못하는 몸, 위하려고 한다
지만
　라면을 먹지 않을 정도로 겁내고 있는 것도 사실이다

　버리려고 했던 라면 맛
　한식날 심은 나무처럼 살려야 한다고 아이들 앞에서
　나는 오기를 부린 것이다

제4부

소읍은 살고 있었다

기차가 지나가고 난 뒤 남은 철로 같았지만

싸리 빗자루로 회초리질을 하던 중학교 한문 선생님을 찾기 어려웠지만

시장에서 팔던 호떡이며 염소 울음이 강물에 실려 갔지만

중국집 배달부가 어슬렁거리는 개처럼 거리를 걸어가고 있었지만

깨진 간판이 달린 지하 다방이 자물쇠로 채워져 있었지만

보건소 뜰 앞에서 노인들이 누에처럼 꼼지락거리고 있었지만

폐광된 사택이 산비탈에서 허물어져 있었지만

수염도 못 깎은 아버지들이 소를 몰고 식전에 들어서던 우시장이 큰물에 씻겨 내려갔지만, 소읍은

낡은 대합실에서 열차를 기다리는 동안 보았던 밤안개처럼

밭둑길 아래 샛별로 핀 제비꽃처럼
꽃에 달라붙어 엉덩이를 들썩이며 꿀을 빠는 벌들처럼
타작마당을 그득 채운 가을 햇살처럼
풋살구 끝에 매달린 빗방울처럼
골목길을 흔들던 엿장수의 가위질 소리처럼
협곡으로 둘러싸인 나의 손금처럼, 살고 있었다

겨울 저녁을 닮은 단추

나는 눈에 띄지 않지만 조여진 볼트처럼 단단하다 아무도 나의 결정을 거절하지 못하게 내 목을 내놓고 있다 이 섬세함이나 화려함을 나는 사치라고 여기지 않는다 보잘것없고 저속하다고 할지라도 나는 개의치 않는다 물 먹은 신발 같은 외로움을 나는 두려워하지 않는다 아침 신문을 타들어가는 톱밥처럼 들여다보면서도 나는 그날을 잊지 못한다

보지 않는 사람은 나를 못 보겠지만 나는 뜨겁다 주인 냄새를 맡는 개처럼 선택한 길에 나는 달라붙어 있다 난전에 쪼그려 앉은 보따리장수처럼 나는 밖을 부지런히 내다보고 있다 나약함이나 무기력은 나에게 적이다 하류 인생들이 구더기처럼 우글거리는 새벽 인력시장을 나는 싫어하지 않는다 밤잠을 설친 아침 코피를 쏟으면서도 나는 그날을 잊지 못한다

골목길 끝에 서 있는 한 그루 나무같이 나는 지도를 품

고 있다 상사 앞에서 변명하는 동안에도 나는 신념 한 포
기를 키운다 물건값을 맞추기 위해 시장 골목을 이리저
리 헤매고 다니면서 나는 책처럼 사람들 소리를 담는다
사람들의 말소리가 힘겹게 그네를 탈 때 나는 파랑새를
날리기도 한다 텔레비전의 코미디언 웃음에 기름 범벅처
럼 빠지면서도 나는 그날을 잊지 못한다

　그 겨울 저녁, 나는 사막 같은 지하 작업실에서 담배를
피우며 나를 태우고 있었다

사십세

집에 가야 할 시간이 훨씬 지난 술집에서
싸움이 났다
노동과 분배와 구조조정과 페미니즘 등을 안주 삼아
말하는 일로 먹고사는 사람들과 즐겁게 술을 마시고
있는데
개새끼들, 놀고 있네
건너편 탁자에서 돌멩이 같은 욕이 날아온 것이다

갑자기 당한 무안에
그렇게 무례하면 되느냐고 우리는 점잖게 따졌다
니들이 뭘 알아, 좋게 말할 때 집어치워
지렛대로 우리를 더욱 들쑤시는 것이었다
내 옆에 있던 동료가 욱 하고 일어나
급기야 주먹이 오갈 판이었다

나는 싸워서는 안된다는 생각이 들어
단단해 보이는 상대방에게 정중히 사과를 했다

다행히 싸움은 그쳤고
우리는 집으로 돌아올 수 있었다

나는 굽실거린 것일까
너그러웠던 것일까
노동이며 분배를 맛있는 안주로 삼은 것을 부끄러워한
것일까

나는 어떤 것인지 알 수 없었지만
싸움이 나려는 순간
사십세라는 사실을 생각했다

뉴스가 사이렌을 울린다

쑤시는 등에 파스를 붙이는데 뉴스가 사이렌을 울린다
연장가방을 메고 버스에 오르는데 뉴스가 사이렌을 울
린다
컵라면으로 심야를 채우는데 뉴스가 사이렌을 울린다
슈퍼마켓에서 아이스크림을 고르는데 뉴스가 사이렌
을 울린다
교회에 나가 주일예배를 올리는데 뉴스가 사이렌을 울
린다
부동산 중개소에서 전세 계약서를 받는데 뉴스가 사이
렌을 울린다
이혼한 친구를 소주로 위로하는데 뉴스가 사이렌을 울
린다
물고기가 죽어가는 장면을 텔레비전에서 보는데 뉴스
가 사이렌을 울린다
우골탑을 ugoltap이라고 써보는데 뉴스가 사이렌을 울
린다
빨랫감을 넣고 세탁기를 돌리는데 뉴스가 사이렌을 울

린다

처음 보는 여자가 부탁하는 설문조사에 응하는데 뉴스
가 사이렌을 울린다

일당이 적은 일 집어치우려는데 뉴스가 사이렌을 울
린다

몸살이 나 이마를 짚으며 약수터에 가는데 뉴스가 사
이렌을 울린다

얼어붙은 수도계량기를 드라이어로 녹이는데 뉴스가
사이렌을 울린다

작성 요령을 떠올리며 이력서를 쓰는데 뉴스가 사이렌
을 울린다

오랜만에 기차를 타고 고향 가는데 뉴스가 사이렌을
울린다

김수영 시인이 닭을 키운 얘기를 듣는데 뉴스가 사이
렌을 울린다

불 나간 화장실에서 볼일 보는데 뉴스가 사이렌을 울
린다

잡지에 끼어 있는 특별부록을 뒤지는데 뉴스가 사이렌
을 울린다
자살한 해고 노동자의 이름을 떠올리는데 뉴스가 사이
렌을 울린다

안전 주간

내가 무인도에 들어가 보물을 찾으려는 희망을 가질 때마다 그는 꽃 한 송이 없고 모래바람만 휘몰아치는 야적장으로 나를 데려간다

내가 깨끗한 사우나탕에 드러누워 여름을 시원하게 나려고 하자 그는 수건을 머리에 질끈 동여매고 얼음을 자르라고 내게 톱을 내민다

내가 기억한 광산 노동자들의 한숨을 적당하게 편집하려고 하자 그는 나의 작업일지를 한 장씩 뜯어서 불태워버린다

내가 경제 법칙을 내세우며 분양 아파트의 프리미엄을 이리저리 눈치 보며 노리고 있자 그는 밀린 방세를 독촉하며 플레이트 이송 작업을 시킨다

내가 집으로 돌아가는 길도 잊고 영화관에서 에로스와 같은 대접을 기대하고 있자 그는 내가 탐닉하는 피아노의 건반을 용접해버린다

내가 세 끼에 대해서 만화책을 읽듯 슬슬 얘기할 때마다 그는 라면으로 야식을 끓여놓고 크레인 운전을 시킨다

치기를 위하여

하늘이 보이지 않는 지하 통로에
기름 범벅인 피장갑을 벗어놓고
담뱃불을 붙인다
진눈깨비처럼 떨어지는 쇳가루 속에서도
빨갛게 살아나는 불
쪼그려 앉아 있는 내 그림자까지 태운다

이곳에서 나는 나의 치기를
기계들을 꽉 죄고 있는 저 볼트같이
파릇파릇 키울 수 있을까

친구들에게 안부를 못 전하고
나를 초라하게 만드는 수치들을 힐난하지 못하고
소금물을 마시고도 소금이 되지 못한 채
이곳의 관습에 젖고 있는데

담뱃불을 끄고 나면

나는 다시 피장갑을 끼고 허리 굽혀
안전한 사람들의 길을 안전하게 닦아야 하는데

나의 손끝은 떨린다

치기여
습관에 빠진 내 목을 쳐라, 번개처럼 쳐라

안주를 뱉다

고속열차에 탄 사람들이
술잔을 돌리고 안주를 씹는다
달리는 열차에서 안주 맛을 느끼는 일은
시대를 즐길 줄 아는 것

나도 동참한다
좀 짜기도 하고 달기도 한 맛을
조금씩 음미한다

열차가 한 역을 지나친다
완행열차나 설 것 같은 초라한 역, 그냥 지나쳐
더욱 맛이 난다

그런데 철로에서 목도를 하던 인부들이
밧줄과 막대를 든 채
이쪽을 바라본다
안주 맛을 즐기는 나를

누런 안전모와 목수건으로 밀어주는 것이다

나는 안주를 뱉었다

수선공의 손

횡단보도 건너편에 있는 우리 마을 구둣방
수선공은 길가 구석에 쌓인 쓰레기 같은 표정이었다
그러나 나의 구두를 받자마자

오랜 병마에서 살아난 사람처럼
이내 이리저리 뒤집으며 실을 뽑고
찬찬히 가위질을 해댔다
아직은 희망이 남아 있다는 듯
망치로 톡톡 두들기고 볼을 감싸기도 했다
나의 구두는 어느새
수선공의 손안에서 꿈틀거렸다

끄무레한 세밑 하늘이 어둡지 않았고
라디오를 타는 외환 위기 뉴스가 불안하지 않았고
수없이 다가오는 겨울바람도 시리지 않았다

잘 가라는 듯

수선공은 한번 더 구두를 매만지고 내게 건넸다
감쪽같이 변신한 의치(義齒)와 다르게
기운 자국을 당당히 가진 구두
수선공의 손은 어느새 구둣방의 문틈으로

먼 길을 내다보고 있었다

배수진과 원탁

아더왕은 원탁이 있어 배수진을 칠 수 있었을까
배수진을 쳤기에 원탁을 살릴 수 있었을까

영화 「킹 아더」를 보다가 생각했던 고민은 오래가지
않았다
공개채용에 또 한번 속고 나서
배수진을 치지 않는 한 원탁이 없음을 깨달은 것이다

나는 지금까지 사람의 환경이 중요하다고 생각해
살인범의 죄까지
나와 상관있다고 애써 인정해왔는데
이제는 다르게 생각한다
환경은 지배계급의 원탁이기에
나의 죄를 인정할 수 없는 것이다
그러므로 원탁에 둘러앉는 것보다
배수진을 치고 들어가는 행동이 필요한 것이다

나는 아더왕의 지배계급성을 싫어하지만
언 강물 위에 배수진을 치고 칼을 뽑았던 결정을 수용
한다

모든 길은 원탁에서 생기는 것이 아니라
배수진에서 만들어지는 것이다

1980년대에 대하여

나는 그를 원망한다
그 때문에 노조원인 나는 안정된 직장을 잃었고
첫사랑을 빼앗겼다
거대한 여당에 표를 찍을 수 없었고
신문 사설에 밑줄 긋지 못했다
더 억울한 것은
종달새 소리와 흰나비를 쫓던 순진한 가슴에
적을 만들었다는 사실이다

그를 만나지 않았다면
나는 분명 성실한 회사원이 되었을 것이다
적금 액수를 따지고
부서장의 성격에 관심을 갖고
승진과 아파트 가격에 신경 썼을 것이다
틈나는 대로 주식에 투자하고
주말이면 낚싯대를 챙기고 친목 바둑을 두고
직장간 친선 축구대회에 나가 공도 찼을 것이다

그 모든 기회를 잃어버리고
나는 불만만 많은 소시민이 되었다
산다는 것이 별것 아니라는 것을 잘 알면서도
분배와 정의와 환경오염을 괜히 문제 삼는다
술을 마시며 이데올로기까지 따지는
추상적인 인간이 된 것이다

부정의 가치를 운명으로 받아들인 나는
억울하지만 다행스럽게 여기고 있는 것이다

평전 다시 읽기

내가 우정에 기대어 노동을 얘기했을 때
사람을 사고파는 전문가인 동창은
샤머니즘에 불과한 것이라고 말했다
나는 순간, 그에게 패배할 수밖에 없다는 것을 느꼈다
트로이가 점령당한 것 역시
샤머니즘 때문이었다는 사실이 떠오른 것이다

그리스 군사들이 만든 목마를
행운이 될 것이라는 점성술사의 말을 믿지 않고
성안에 들여놓지 않았다면
트로이는 점령당하지 않았을 것이다
왕은 권위로써 여자들을 보호하고
왕비는 튼튼한 후손을 낳아 길렀을 것이다

샤머니즘에 기댄 트로이가 전쟁에서 패했듯이
샤머니즘에 기댄 우정도 샤머니즘에 기댄 노동도
무너질 것이라는 생각에

나는 한 노동자의 평전을 다시 읽는다

우정이 패스카드에 패한 시대
나는 동창을 버릴 수밖에 없다

노동의 길이라면
나는 샤머니즘이라도 붙잡고 싶은 것이다

아름다운 폿대

공단을 배경으로 사진을 찍으려다가
뒤편의 산마루에 피어 있는 꽃들을 발견했다
하늘과 맞닿아 있는 꽃들은
말갛게 쓸린 오후의 골목길처럼 깨끗했고
미인의 귓불처럼 발그레했고
세상살이가 좋기라도 하다는 듯 미소까지 짓고 있었다

왜 지금까지 저 꽃들을 발견하지 못했을까
나는 몇번이나 눈을 감았다가 떴다

그렇지만 부끄러웠다
쇳가루를 뒤집어쓴 시커먼 공장을
아름다운 폿대로 삼으려고 했던 내가
꽃 앞에서 흔들리고 있다니

공장을 품고 살아가겠다는 내가
꽃 앞에서 강박관념을 느끼는 존재라니

나를 흔들고 있는 아름다운 푯대여

뿔

철조망 앞에서 움츠러들지 말고
차라리 내 눈물을
철조망 가시에 꿰기로 결심했을 때
사람들의 뿔이 발견되었다

사람들은 식당에서도 대합실에서도 열차에서도
심지어 목욕탕에서도
뿔을 갈아대는 것이었다
그 뿔로 정치인들의 배를 쿡쿡 찔렀고
나무를 죽이는 결재서류를 내팽개쳤다
돈을 움켜쥔 판사들의 손을 멍들게 했고
포주들의 얼굴을 절구질하듯 뭉갰다
사람들이 뿔을 갈아대는 속도가 빨라지자
그렇지, 그렇지 하는 호응이 여기저기서 높아져
나는 어둠속에서 빛나는 야광 시계 같은 뿔을 보았다

사람들은 허술하기 짝이 없는 전우의 노래를 부르며
철조망 가시조차 짓이겨대는 것이었다

■

해설

기억과 윤리

이경수

1

맹문재의 시는 분석을 요하는 시는 아니다. 처음에도
그랬고, 세번째 시집 『책이 무거운 이유』 역시 크게 다르
지 않다. 그의 시는 화려하게 치장한 비유의 얼굴이나 새
로운 문법으로 짜인 낯선 언어를 들이밀며 독자를 의도
적으로 괴롭히지 않는다. 오히려 화장기 없는 맨 얼굴로,
농담으로 받아넘길 수 없을 만큼 진지한 표정으로 독자
를 응시한다. 평론가의 새삼스런 분석이 필요없을 만큼
지극히 일상적인 그의 어법이 때때로 우리를 곤혹스럽게
하는 까닭은 아마 여기에 있을 것이다. 모든 차이를 무시

한 채 진지함이라는 표상 자체를 비웃는, 이 지독한 가벼움의 시대에 여전히 진정성을 꽉 움켜쥐고 있는 그의 시를 만나는 일은, 희미해져가는 우리들 자신을 대면하는 일이기도 해서 한편으로는 곤혹스럽지만 또한 반갑다. 진정성이라는 낡은 표상의 힘을 아직은 포기하지 않은 사람들에게, 세상이 아무리 달라져도 문학이란 여전히 소외된 사람들의 편에 서야 한다고 굳건히 믿는 사람들에게, 풍요가 넘친다고 말해지는 세상에서 근근이 하루하루를 버티며 상대적 박탈감에 시달리는 서러운 사람들에게, 여전히 그의 시에는 울림을 주고 희망을 갖게 하는 힘이 있다. 나는 가상현실이 현실보다 더 진짜 같다는 이 우울한 21세기에도 맹문재의 시가 존재하고 읽히는 이유가 바로 여기에 있다고 생각한다. 아니, 바로 그런 시대이기 때문에 이런 시가 더욱 필요한 것인지도 모르겠다.

'가난'이 시의 충실한 벗이었던 시절도 우리 문학사에 있었지만, 지금은 문학에서조차 가난이 서럽게 소외되는 시대이니 말이다. 문학은 늘 새로움을 지향하며 보이지 않는 길을 개척해왔지만, 모두가 새로움을 향해 치달려가는 시대에는 낡아 보이는 가치를 틀어쥐고 있는 시가 오히려 낯설어 보이기도 한다. 문학이 먹고 자고 입는 생활의 감각에서 발을 떼려고 하는 시대에 여전히 소외된

자들의 평범한 일상을 들여다보는 맹문재의 시는 누구나 인정할 수밖에 없는, 현실과 이상 사이의 이중적 딜레마를 직시하게 한다는 점만으로도 충분히 의미있다. 솔직히 그의 시는, 시를 읽고 있는 순간보다도 읽고 난 후의 시간을 더 곤혹스럽게 한다. 그의 시에 완강하게 자리잡고 있는 윤리적 주체가 우리를 간섭해오기 때문일 것이다. '부끄러움'이 종종 드러나는 그의 시는 따뜻하고 부드럽지만, 쉽게 부정하거나 망각할 수 없는 힘을 지니고 있다. 그것은 1980년대라는 시대를 거치면서 그에게 형성되어온 윤리의식 같은 것인데, "나는 그(1980년대-인용자 주)를 원망한다"(「1980년대에 대하여」)고 단호히 선언할 만큼 그의 삶을 압도적으로 지배하고 간섭하는 정체이기도 하다. 맹문재 시의 화자들은 정확하게 시인과 겹치는 윤리적 주체들인데, 이들은 결코 고압적이지 않다. 자기 자신에게는 누구보다 엄격하지만, 또한 흔들리고, 흔들림을 인정할 줄 알고, 그렇기 때문에 타자들을 끌어안을 줄 아는 주체이다. 엄격함과 따뜻함 사이에서, 단호함과 유연함 사이에서 끊임없이 흔들리고 미세하게 떨리는 모습을 보여주지 않았다면 아마 그의 윤리적 주체들은 그리 매력적이지 않았을 것이다.

129

2

　이 시집에 실려 있는 시들에서는 과거를 거쳐 현재로
돌아오는 형식이 자주 눈에 띈다. 유년과 자연과 80년대
는 종종 기억의 대상이 되는데, 이때 기억은 시인에게 현
재의 자신을 돌아보게 하는 경건한 의식과도 같은 것이
다. 맹문재의 시는 기억이라는 전통 서정시의 대표적 원
리에 충실하면서도 단순히 그것을 따르기보다는 새로움
에 대한 체질적 경계를 동반하고 있는 것으로 보인다. 그
는 어쩔 수 없이 현실에 적응해야 하는 것을 인정하면서
도 변화에 대해 그다지 호의적이지 않다. 새로움과 변화
를 경계하는 그의 태도에는 생명에 대한 경외심을 지니
고 있었던 과거를 훼손해온 인류 문명에 대한 불신과 자
본주의에 대한 비판이라는 윤리적 판단이 들어 있는 것
으로 보인다.

　잠자리에 들었는데 천둥 치는 소리가 들린다
　비도 제법 내리는 것 같다
　택시에 받혀 나가떨어진 엊저녁 퇴근길에 본 사내가
떠오른다

그의 아내도 저 천둥소리를 듣고 있을까

정비공으로 일하는 작은동생의 운전길이 미끄러울
텐데

쇠를 만들어 밥 먹는 제철소 친구들의 안전화가 젖
을 텐데

자전거를 타고 건너다가 넘어졌던 그곳 철길이 여전
히 미끄러워

나는 이불 속으로 움츠러든다

이사를 다녔던 거미줄 같은 길들이 질펀하다

시골집의 낡은 전선과 형광등이 괜찮을까

할머니의 산소가 허물어지지 않을까

잠자다가 일본 광산에 끌려간 조선인들, 그들이 탄
열차가 흔들린다

그들은 무슨 생각을 하며 고향을 바라보았을까

그날도 저렇게 비가 내리지 않았을까

출근하려고 현관문을 열다가 깜짝 놀랐다

나의 길을 내기 위해 목련꽃들이

천둥소리를 잡아먹고 널브러진 채 죽어 있는 것이다

—「목련꽃」 전문

지금의 시인을 있게 한 것이 거미줄같이 질펀한 길들임을 잊지 않으려는 마음이 들어 있는 시이다. 오래전의 동료인 "제철소 친구들의 안전화"가 젖는 것이나 "정비공으로 일하는 작은동생의 운전길"이 미끄러운 것이나 "택시에 받혀 나가떨어진 엊저녁 퇴근길에 본 사내"와 "그의 아내"를 걱정하는 시인의 마음은, 자신을 있게 한 과거와 주변을 잊지 않으려는 마음에 뿌리를 내리고 있다. 맹문재 시인에게 시 쓰기는 "나의 길을 내기 위해" 자기를 희생하고 널브러진 채 죽어간 존재를 기억하기 위한 일종의 의식 같은 것이다. 그가 세번째 시집을 내도록 과거의 뿌리로부터 완전히 벗어날 수 없는 까닭이기도 하다. 그는 이미 앞서의 시집에서 자신의 시가 '노동'에 뿌리를 대고 있음을 분명히 했는데, 이번 시집도 근본적으로는 다르지 않다. 경건한 의식으로서 과거를 기억하는 행위는 시의 오랜 사명이자 존재 이유이기도 하다. "목련꽃"은 시인이 내고자 하는 길을 앞서 걸어간 존재들로서, 살아남은 자들에게 이만큼의 길을 내주기 위해 먼저 죽어간 이들을 상징한다. 순연하고 아름다운 자태로 봄을 알리지만 질 때는 무참하기 이를 데 없는 목련꽃의 속성이 시인에게서 선구자이자 순교자의 역할을 부여

받은 것이다. 목련꽃이 피고 질 때마다 희생의 기억은 거
듭해서 솟아오를 것이다.

　　아웃, 나는 이 호각소리에
　　더이상 놀라거나 실망할 이유가 없어
　　십이월의 섬에서 고독하게 저녁을 맞는다

　　식사 시간에도 새벽안개를 긁어모았고
　　담화문을 향해 돌을 던지는 심정으로 책을 읽었고
　　일기장마다 건조한 지도를 그려온 나의 그림자도
　　조용히 앉아 풀어지고 있다
　　　　　　　　　　　　　　　　　　—「사십대」 부분

　이렇듯 지난 시대에 대한 기억을 강요하는 이면에는
'지금, 여기'의 윤리적 주체가 겪는 현실적 혼란이 자리
잡고 있다. 시인은 이십대에 80년대를 만난 것을 원망하
면서도 그 만남 때문에 그의 인생이 달라졌음을 다행스
러워한다. 80년대는 지나간 과거로 사라져버린 것이 아
니라, 시인의 신체에 각인되어 '지금, 여기'의 삶을 간섭
하고, 앞으로의 삶에서도 새로운 길을 내도록 요구한다.
발빠르게 변하는 세상의 논리에 적응하기에 그는 이미

너무 많이 살아버렸는지도 모른다. 세상이 '아침형 인간'이니 '웰빙'이니 '디지털 시대'니 하며 체질 개선을 외쳐도, 시인은 지난 시대를 한편으로 원망하고 한편으로 기억하면서 낡은 길을 고독하게 가고 있는 것이다. 그러므로 시인은 자신을 향해 "아웃"이라고 외치는 "호각소리"를 들을 수밖에 없다. 그는 어느새 세상이 비웃거나 철지난 유행으로 삼아버린 386, 또는 486세대가 되어 세상의 박물관에 격리되었다. 아직은 한창 일할 나이이지만, 이미 세상에서 밀려났다고 규정된 "사십대"가 되어버린 것이다.

3

어느 시대에나 세대 논쟁이 있었지만, 세대간의 교체가 어느 때보다 빨라진 21세기의 초반에 사십대라는 나이는, 아직도 과거의 향수에 젖어 의미니 진정성이니 하는 낡은 가치를 부여잡고 있는 고리타분한 세대로 인식되고 있다. 그러나 이십대를 사회에 투신하느라 청춘을 제대로 구가해보지 못했고, 삼십대에 맞은 IMF의 여파로 아직도 사회에 안정적으로 정착하지 못한 이 세대는, 피어보기도 전에 "아웃"을 선언당한 아이러니를 체험한 세대이다. 이들이 가벼운 몸이 되어 자유롭게 날아오르는 것은 애초에 불가능한 일인지도 모른다. 아니, 과거를 통째로 잊는 일이 가능하다면 이들의 가벼운 변신도 가능해질지 모르겠다. 맹문재의 시가 과거를 향해 있고, 기억의 끈을 놓지 못하는 것은 자기 세대의 정체성을 놓치지 않으려는 눈물겨운 몸짓에서 비롯한다. 가벼워지는 것은 어찌 보면 쉬운 일이다. 누구에게나 조금은 무책임해지고 자유로워지고 싶은 본능이 있는 법이니까. 그러나 가벼운 비상의 충동에 몸을 맡기기에는 그를 붙잡고 있는 과거의 끈이 너무 질기거나, 이미 그의 몸이 과거의 땅에 뿌리내려 운신이 어려워졌는지도 모르겠다. 따라서 맹문재의 시는 과거를 끊임없이 기억해내거나 기억해낸 과거의 눈으로 현재의 부조리를 꿰뚫어본다. 그의 눈에는 자본이 '지금, 여기'를 어떻게 장악하고 있는지가 너무 잘 보인다.

소를 부려 밭을 갈던 아버지의 목청이 가라앉았다
거실의 텔레비전이 가라앉았다
걸려온 전화를 조심스레 받는 어머니가 가라앉았다
안방의 장롱이 가라앉았다
야근한 뒤 점심도 굶고 잠자는 동생이 가라앉았다

화장실이 가라앉았다
벽에 걸린 가족사진이 가라앉았다
안부전화를 건 제철소의 동료가 가라앉았다
쿨룩거리는 냉장고가 가라앉았다
먼 지방의 공사장으로 간 여동생 남편이 가라앉았다
십년째 쓰는 전기밥솥이 가라앉았다
고객의 호출을 착하게 받는 막내 동생이 가라앉았다
돌아가신 작은아버지의 낡은 수첩이 가라앉았다
윤기 없는 아내가 가라앉았다
날아드는 먼지를 막지 못하는 현관이 가라앉았다
취직 걱정에 몸살이 난 내가 가라앉았다

인터넷 게임을 하는 아이들이 가라앉았다
　　　　　　　　　　──「이자의 감기에 걸린 어린이날」 전문

　두번째 시집 『물고기에게 배우다』에서 특징적으로 등
장했던 '이자(利子)'의 모티프는 이번 시집에도 이어진다.
후기자본주의 사회에서 이자란, 흔하지만 특별한 치료약
이 없는 감기 바이러스 같은 것이라고 시인은 생각한다.
철저한 빈익빈 부익부 현상은, 신자유주의라는 옷으로
갈아입은 후기자본주의 사회가 빚을 지고 살 수밖에 없

는 구조로 이루어졌음을 보여준다. 수중에 돈을 지니지 않고도 집을 사고 차를 사는 일이 가능해진 세상. 누리고 사는 것이 전과 달라지다 보니 마치 많은 것을 소유하고 있고 풍요로워진 것처럼 보이지만, 그것은 자본의 사기 극에 지나지 않는다. 빚을 진 원금은 물론이고 다달이 꼬박꼬박 쌓이는 이자까지 갚아야 하는 것이 눈앞의 현실이다. 이자야말로 자본주의 사회를 끌어가는 숨은 힘의 정체일 수도 있음을 시인은 꿰뚫어본다. 당장의 편리와 풍요를 위해 무지막지한 이자를 감수하게 하는 후기자본주의 사회에서, 가진 것이 없는 사람들은 대개 죽을 때까지 이자를 갚아나가야 하는 이자의 함정에 빠진다는 것이다. 이자는 후기자본주의 사회가 만들어놓은 '라비린토스'(미궁)인 셈이다. 그나마 금리가 싸다고 하는 은행 대출을 받기란 워낙 조건이 까다로워서, 결국 없는 사람일수록 고금리의 이자를 취하거나 사채를 빌려쓸 수밖에 없는 것이 또한 우리 사회의 생리인데, 이럴 경우 이자로부터 자유로워지기란 불가능하다. 그 속에서 밥 먹고 잠자면서 하는 나날의 혁명은 사그라질 수밖에 없다. 결국 이자의 위력이 자본주의 사회가 전복될 수 있는 위기를 틀어막고 있다고 볼 수도 있다. 그런 점에서 감기 바이러스처럼 무서운 속도로 퍼져나가는 것이 바로 "이자의 감기"의 정체이다. 뼈빠지게 벌어서 평생을 갚아야 함에도 남들만큼은 누리고 있다는 착각에 빠져들게 하는 힘, 전복성을 근원적으로 분쇄하는 놀라운 힘을 이자는 가지고 있다. 상대적 박탈감에 대한 최소한의 보상으로 자본이 제공하고 있는 것이 각종 대출 제도인지도 모르겠다. "내가 이길 수 있는 게임이 아니라 / 이자에게 농락당하는 일이라는 생각이 / 산더미 같은 돈 앞에서 든 것이다"(「손안에 없는 별을 위하여」)라는 시인의 고백은 매우 정확하게 후기자본주의 사회의 병폐를 겨냥하고 있다.

> 나는 지금까지 사람의 환경이 중요하다고 생각해
> 살인범의 죄까지
> 나와 상관있다고 애써 인정해왔는데
> 이제는 다르게 생각한다
> 환경은 지배계급의 원탁이기에
> 나의 죄를 인정할 수 없는 것이다
> 그러므로 원탁에 둘러앉는 것보다
> 배수진을 치고 들어가는 행동이 필요한 것이다
>
> 나는 아더왕의 지배계급성을 싫어하지만
> 언 강물 위에 배수진을 치고 칼을 뽑았던 결정을 수

용한다

　모든 길은 원탁에서 생기는 것이 아니라
　배수진에서 만들어지는 것이다
—「배수진과 원탁」 부분

　아더왕의 전설에 등장하는 원탁의 기사들은 상하구별
없이 원탁에 둘러앉아 무용담을 이야기하기도 하고 중요
한 의사결정도 했다고 한다. 원탁은 대화가 가능한 민주
적 의사결정의 공간처럼 보이지만, 실상 가진 것 없는 사
람은 원탁에 앉을 기회조차 배제되는 것이 우리 사회의
생리임을 시인은 날카롭게 꿰뚫어본다. 우리 사회가 표
방하는 민주주의라는 것의 정체를 시인은 잘 알고 있다.
능력만 있으면 누구나 원탁에 앉을 수 있는 것처럼 선전
하지만, 정작 능력을 갖추고 발휘할 수 있는 기회는 결코
공평하게 주어지지 않는 우리 사회의 모습을 시인은 원
탁의 기사 일화에서 엿본다. 시인의 독서 행위는 현재로
돌아오기 위한 것이다. 그는 마침내 아더왕과 원탁의 기
사 전설을 통해 배수진이 원탁을 가능하게 하고, 길도 배
수진에서 생긴다는 깨달음에 이른다. 이것은 시인이 세
상을 살아가는 태도라고도 볼 수 있는데, 가령 집으로 돌

아가기 위해서 "온몸으로 길을 녹이며"(「귀가」) 오르막을
오르기 시작하는 태도 같은 것이다.

그후 고양이는 보이지 않았다 그렇지만 나는 그의
눈빛을 찬물을 끼얹어 장작불을 끄듯 내 마음속에서
끌 수가 없었다 무서웠고 슬퍼 보였고 외로워 보였던
그의 눈빛

나는 그 눈빛을 촛불로 삼고 복잡한 서울 거리를 헛
디디지 않고 다녔다 구조조정에 휩쓸리지 않으려고 인
터넷 뉴스를 뒤졌고 아이들의 용돈을 마련하려고 교통
비를 아꼈다 주눅 든 마음을 일으켜 세우려고 『전태일
평전』을 읽었고 겨울바람을 막으려고 전세 대출금 이
자를 연체하지 않고 냈다

— 「도둑고양이」 부분

배수진을 치지 않고는 온전히 버티며 살아내기 힘든
세상임을 잘 알고 있는 시인은, 그러므로, "가장자리"에
간신히 끼어 사는 사람들, 이 시대의 주변인이자 소수자
들에게 관심을 돌릴 줄 안다. 쓰레기통을 뒤지던 "도둑
고양이"의 슬프고 외로운 눈빛에서 자신의 얼굴을 발견

하고, 「사남매」에 등장하는 버려진 가족의 풍경에서 우리 시대의 조각나고 상처입은 가족을 발견한다. 시인의 시선은 그들을 분리하고 배척하지 않는다. 오히려 그 안에서 끊임없이 자신의 모습을 발견하고 자기 자신과 대면하는 곤혹스러운 장면을 연출한다. 맹문재 시의 윤리적 주체는 자신이 서야 할 자리가 어디인지 정확하게 가늠하고 있다. 그는 "가장자리"에 굳건히 서서, "복잡한 서울 거리를 헛디디지 않고" 다니기 위해 도둑고양이의 슬프고 외로운 눈빛을 기억하고자 한다. 그는 전복을 꿈꾸기보다는 가장자리나마 지키며 덜 슬프고 덜 외롭게 살려고 하는 소시민의 소박한 정서에 더 가깝다. 어쩌면 앞으로 우리 사회의 가능성은 이처럼 개개인의 윤리성에 기대야 하는 것인지도 모르겠다. 소수자를 배려하고, 내가 가진 것을 나누며 더불어 살아가는 문제에 대해 개개인이 좀더 관심을 갖고 노력하지 않는다면, 우리의 미래는 암담해질 수밖에 없을 것이다. 맹문재의 시가 윤리를 포기하지 않는 이유도 인간에 대한 최소한의 희망을 아직 가지고 있기 때문인지도 모른다.

　　이력서를 낸 곳에 시외버스를 타고 이리저리 돌아
　　면접 보러 가는 길

내 이마를 툭 치는, 그것

내게 한마디 하려고 그 멀고도 험한 길을
달려왔다고 생각하니
눈물이 난다

나는 비로소 그것이
들판 그득하게 들어 있는 것을 보았다
나뭇가지에 파릇파릇 살아 있는 것도
새들과 함께 날아오르는 것도
도랑물을 타고 흘러가는 것도 보았다

그것, 꽉 쥐고 있자니
어느새 내 손바닥은 눈물로 홍건하다

—「운(運)」 전문

　몸뚱이와 노력 외에 아무것도 없는 사람에게 잠재성을
실현 가능성으로 바꾸는 힘은 어이없게도 '운'인 경우가
많다. '운이 없다'는 한마디 속에는 사실은 너무 많은 말
들이 감추어져 있다. 인력으로는 어찌 해볼 수 없음을 표
방함으로써 애쓰는 일을 원천봉쇄하는 역할을 해온 '운'

이라는 말. '지금, 여기'에서도 운은 너무 많이 통용되고 있다.

평생 자신의 것이 아니라 여겨왔던 운을 만나게 된 순간, 감격의 눈물이 흐르는 것은 당연한 일인지도 모르겠다. 그 멀고도 험한 길을 달려온 존재는 사실 운이라기보다는 화자 자신이다. 손바닥에 꽉 움켜쥔 운을 보며 눈물을 흘리는 화자의 모습은 지극히 소시민적 태도이기는 하지만, 힘들고 고통스러웠던 지난 시간을 돌아보며 눈물 흘릴 줄 아는 마음은 적어도 정직하고 선한 마음일 거라고 믿어보고 싶다. 어쩌면 시인은 이제 가장자리를 벗어날 수 있게 되었을지도 모르지만, 그가 굳건히 가장자리에 자신의 존재 이유를 세우고, 도둑고양이의 슬프고 외로운 눈빛과 운을 만나 눈물 가득 고이던 마음을 잊지 않기를 바란다. 시인이 반복해서 기억을 말하는 이유는 그것이 그가 지키고자 하는 최소한의 윤리이기 때문임을 잊지 않을 필요가 있겠다. 기억의 주술은 윤리적 주체를 한층 단단하게 한다.

4

윤리는 타자와 책임을 전제하는 말이다. 시인의 윤리

역시 크게 다르지는 않을 것이다. 생활인의 윤리와 시인의 윤리가 일치할 수야 없겠지만, 타자를 통해 자신을 비추어보는 일을 게을리하지 않을 때, 타자의 상처를 통해 자신의 상처를 들여다볼 수 있고, 자신의 상처를 통해 타자의 상처를 미루어 짐작할 수 있을 때, 시의 윤리적 책임에 대해서도 논할 수 있을 것이다. 그것은 달리 말하면 인간에 대한 희망을 포기하지 않는 일이며, 인간에 대한 최소한의 예의를 지키는 일이다. 아마도 고압적으로 가르치려 들거나 고리타분한 이분법을 구사해서는 '지금, 여기'의 시가 윤리적 책임을 다하기는 어려울 것이다. 맹문재 시의 윤리적 주체가 희망적인 이유는 이러한 위험에서 벗어나 있기 때문이다. 그는 낡은 시대의 윤리를 고수하지도, 그렇다고 가볍게 벗어던지지도 않는다. 자신의 삶에 트라우마가 되어버린 80년대를 원망하지만, 또한 다행스럽게 생각한다. 그는 부지런하고 착하게 열심히 사는 소시민의 삶의 방식에 손을 들어주고자 하는 건지도 모른다. 어찌 보면 순진하기 이를 데 없는 생각이지만, 그 순진함이 때로는 힘이 될 수 있음을 우리는 또한 잘 알고 있다.

아주 잠깐이었지만

대천 앞바다에서 윤슬을 바라보다가 깨달은 일은
아름답게 죽는 것이었다

소란하되 소란하지 않고
황홀하되 황홀하지 않고

윤슬이 사는 생애란 눈 깜짝할 사이만큼 짧은 것이
지만
그사이에 반짝이는 힘은
늙은 벌레가 되어가는 나를 번개처럼 때렸다

바람에 팔락이는 나뭇잎처럼
비늘 조각 하나 남기지 않고 사라지는 윤슬의 얼굴
너무 장엄해
나는 눈을 감을 수 없었다

아주 잠깐이었지만
대천 앞바다에서 윤슬을 바라보다가 깨달은 일은
아름답게 사는 것이었다

— 「아름다운 얼굴」 전문

아름답게 살다 죽는 일을 추구하는 것. 누구나 바라는 일일 것 같지만, 또한 현실의 장에 들어오면 생존논리를 이유로 대개는 내팽개쳐버리는 아름다움이라는 가치를 시인은 여전히 추구하고 있다. 대천 앞바다에서 눈 깜짝할 사이에 반짝이다 사라진 물비늘을 보고 시인은 저렇게 살다 가고 싶다는 생각을 한다. 이 얼마나 낭만적 태도인가? 그러나 아무리 세상이 많이 달라졌다고 해도 이런 낭만성을 버리고서 어찌 시인이라 할 수 있겠는가?

우리 시대가 너무 쉽게 내다버린 숭고함이라는 가치를 여전히 좇는 이 시인에 대해 낡았다고 평가하는 것은 너무 쉬운 일이다. 그러나 낡음을 인정한다 해도 다시 물어볼 수 있을 것이다. 낡음은 나쁜 것인가? 낡음과 새로움이 우열을 가르는 가치판단의 기준이 될 수 있는가? 어쩌면 우리 시대는 오랫동안 되풀이해온 선악의 이분법을 다시 새로움과 낡음의 이분법으로 반복하는 싸움을 시작했는지도 모른다. 새롭다고 모두 옹호될 수 없듯이, 낡음역시 단지 그 이유만으로 배척될 수는 없다. 아니, 어차피 새로움과 낡음은 상대적 가치이고, 중요한 건 배치의 문제이기 때문에, 모두가 새로움을 부르짖는 시대라면 오히려 낡음이 더 새로운 감각으로 다가올 수도 있을 것이다. 맹문재의 시가 이번 시집에서도 여전히 추구하는 숭고하고 장엄한 아름다움이라는 가치는, 분명 낡은 가치이지만 낡았으니까 의미없다고 치부해버리기엔 여전히 매력적인 가치이다. 아마도 인간에 대한 예의를 갖추고 있기 때문일 것이다. 이것은 비단 인간에 대한 편파적 예의만은 아니다. 애써 집을 지은 거미를 죽이지 못하는 마음, 처참하게 져버린 목련꽃을 안타까워하는 마음, 윤슬의 사라짐을 보며 아름답게 죽고 사는 일에 대해 생각하는 마음처럼 그의 시는 생명을 지닌 것에 대한 근원적 경외감을 지니고 있다.

"꽃 앞에서 흔들리고"(「아름다운 푯대」) 있는 자신에게 당혹스러워하면서도 그 아름다움 자체를 부정하지는 못하는 마음. 아마도 이 마음이야말로 맹문재의 시가 윤리라는 가치를 포기하지 않으면서도 적대적 이분법에 빠지지 않게 하는 힘일 것이다. 그의 흔들림이 파장을 일으켜 더 많은 사람들의 마음을 흔들 수 있었으면 하는 바람을 가져본다.

李京洙 | 문학평론가

■

시인의 말

이 시집에 실은 작품들은 모두 발표한 것들이지만 퇴고 과정을 거쳤다. 발표한 작품에 손을 댄다는 것은 자랑할 만한 일이 못되지만 좋은 시를 쓰려고 끝까지 고쳤다.

이번 시집에서는 무소불위의 힘을 휘두르는 자본주의에 대해 특히 고민했다.

창비가 마포에 있을 때 이시영, 고형렬 선생님께 놀러가 책도 얻고 술도 얻어마셨는데 어느덧 그 분들이 퇴사를 해 새삼 세월의 흐름을 느낀다.

나의 연구실을 마련해준 안양대의 이경혜, 윤충의, 박철우 선생님과 큰 가르침을 주시는 최동호 선생님을 비롯한 고려대 은사님들께 감사드린다. 반년 전까지 몸담았던, 신달자 선생님이 계신 명지전문대 선생님들께도 감사드린다. 나와 인연이 된 많은 제자들이며 포항과 광

양의 친구들에게도 고마움을 전한다.

　나의 시를 맡아준 창비와 알뜰하게 정리해준 편집부에
도 감사드린다.

　점점 나이를 생각한다. 나를 믿는 가족들과 친구들을
생각하며 더욱 다부지게 쓸 일이다.

　2005년 8월, 새뜻한 벼 냄새가 떠오르는 여름밤에

맹문재

창비시선 252
책이 무거운 이유

초판 1쇄 발행 / 2005년 8월 30일
초판 7쇄 발행 / 2018년 10월 1일

지은이 / 맹문재
펴낸이 / 강일우
편집 / 김정혜 문경미 안병률 강영규 김현숙
미술·조판 / 윤종윤 신혜원
펴낸곳 / (주)창비
등록 / 1986년 8월 5일 제85호
주소 / 10881 경기도 파주시 회동길 184
전화 / 031-955-3333
팩시밀리 / 영업 031-955-3399 · 편집 031-955-3400
홈페이지 / www.changbi.com
전자우편 / lit@changbi.com

ⓒ 맹문재 2005
ISBN 978-89-364-2252-3 03810